Ma kokum a téléphoné aujourd'hui

Ma kokum a téléphoné aujourd'hui

Iris Loewen

Illustré par Gloria Miller

Traduction de : My Kokum Called Today

Pemmican Pulications Inc. reconnaît avec gratitude l'aide financière accordée à son programme de publication par le Conseil des arts du Manitoba, la Province du Manitoba – Ministère de la culture, Patrimoine et tourisme, le Conseil des arts du Canada et Patrimoine canadien - .

Impression et reliure au Canada
Premier tirage 1993
Deuxième tirage 1997
Troisième tirage 2001
Quatrième tirage 2004
Cinquième tirage 2005
Sixième tirage 2008
Septième tirage 2009
Eighth Printing [French] 2010.

Canadian Cataloguing in Publication Data

Loewen, Iris, 1951-

[My kokum called today. Français]
Ma kokum a téléphoné aujourd'hui / Iris Loewen ; illustré par Gloria Miller.

Traduction de: My kokum called today.

ISBN 978-1-894717-60-1

I. Miller, Gloria II. Titre. III. Titre: My kokum called today. Français.

PS8573.O33M8914 2010 jC813'.54 C2010-905317-6

Engagé envers la promotion de la culture et du patrimoine métis.
150 avenue Henry, Winnipeg, Manitoba Canada R3B 0J7
www.pemmican.mb.ca

Patrimoine canadien

Conseil des Arts du Canada

DÉDICACE

Ce livre est publié en l'honneur
d'Agnes Loewen, Adele Derocher,
Alva Badger et la tante de Talla, Blondie.

Quand je suis rentrée de l'école aujourd'hui,
ma maman a dit "Ta kokum a téléphoné
aujourd'hui. Il y aura une danse ronde
sur la réserve. Elle veut qu'on aille
à la maison cette fin de semaine."

“**S**uper génial!” ai-je dit.
“Partons-nous tout de suite?”

“**O**ui, alors dépêche. Nous avons
un long chemin à faire. Fais une valise
et n’oublie-pas tes nouveaux mocassins.
Tu pourras les porter à la danse.”

STONEY LAKE
POW WOW

511 CITY CTR
GM

Ma maman et moi
vivons dans une
grande ville.

Ma kokum vit sur une
réserve autochtone
à 200 miles d'ici. Ma
kokum est une Crie.
Kokum veut dire
grand-mère en cri.

Je gage que tu aimerais ma kokum.
C'est la personne la plus aimable que je connais.
Elle me donne toujours une caresse et un gros bisou
quand elle me voit. Je l'aime beaucoup beaucoup.

Elle me parle en Cri.
Je ne comprends pas tellement le Cri,
mais je suis en train de l'apprendre.
Elle dit "Astum ma fille."
Ça veut dire "Viens ici."
Je me sens bien quand elle dit "ma fille."
Et tu sais ce que j'aime par-dessus tout?
Par-dessus tout, j'aime qu'elle m'appelle
bébé, je pense que c'est fantastique.
J'ai presque 12 ans et
ma kokum m'appelle encore bébé.

Ma kokum est une aînée.
On la respecte parce
qu'elle est sage.
Elle sait bien des choses sur la vie.
Elle a beaucoup beaucoup de vécu.
C'est une personne très généreuse.
Elle partage avec tout le monde sur la réserve.
Elle aide les gens qui sont malades.
Ma kokum connaît les plantes
qui peuvent guérir le monde.

Parfois elle m'emmène
faire des randonnées dans les bois.
Elle me prend par la main et
elle me raconte comment c'était
quand elle était petite fille.

Elle me montre quelles plantes
servent à faire des remèdes.
Elle me dit de bien écouter car
un jour les gens pourraient me demander
de l'aide lorsqu'ils seront malades.

Ma kokum est toujours occupée.
Elle fait des mocassins et des mitaines
en peau de castor. Elle cueille des framboises,
des bleuets et des atacas.
Elle fait de la confiture avec les petites baies.
Ensuite elle fait la meilleure galette au monde.
Elle me laisse aider. Il n'y a rien d'aussi
délicieux que la galette
et la confiture de kokum!

LA
NG PO

“**A**llez fillette, dépêche-toi!
Si tu ne te grouilles pas nous allons
rester prises dans les embouteillages
du vendredi. Allons-y!”

STONEY LAKE
POW WOW
AUG. 5,6,7
POW

Oh là là, je rêvassais.
Il me manque juste
mes mocassins.

Kokum me les a faits pour
mon anniversaire.
Ils sont tellement beaux
et ils sentent si bon.
Mon oncle Percy a tiré
un orignal l'automne dernier.
Kokum et ses amis ont tanné la peau.
Ils ont travaillé fort pour
qu'elle soit aussi douce.
Mes mocassins sentent la fumée,
comme un feu de camp.

Les danses rondes sont les meilleures. Tout le monde y va, les vieux, les jeunes, les petits bébés et leur familles y vont. Tout le monde va aux danses rondes.

On y voit des gens
de plusieurs différentes réserves.
Nous dansons dans un cercle
main dans la main.
Ça joue du tambour et ça chante
durant toute la nuit. Nous dansons
jusqu'à ce que le soleil se lève.
Parfois je m'endors.
Ma kokum me laisse dormir près
d'elle sur un banc et elle me couvre
avec son châle de danse.

Mes oncles me taquinent
toujours quand je m'endors.
Ils disent que kokum les oblige de me porter
jusqu'à la maison au lieu de me réveiller.
Ils disent que je deviens trop
lourde pour porter comme ça.
Ils rient et ils disent que c'est
parce que je mange trop de galette.

J'ai vraiment hâte de voir mes oncles, mes tantes et mes cousins. Ça fait depuis que l'oncle Smokey s'est marié il y a deux mois que nous ne sommes pas allés. Puis nous pourrons voir le nouveau bébé de tante Alice. Vite Maman, allons-y! Je suis tellement contente que Kokum a téléphoné aujoud'hui.

STONEY LAKE
AUG. 5, 6, 7

Vite maman,
allons-y!